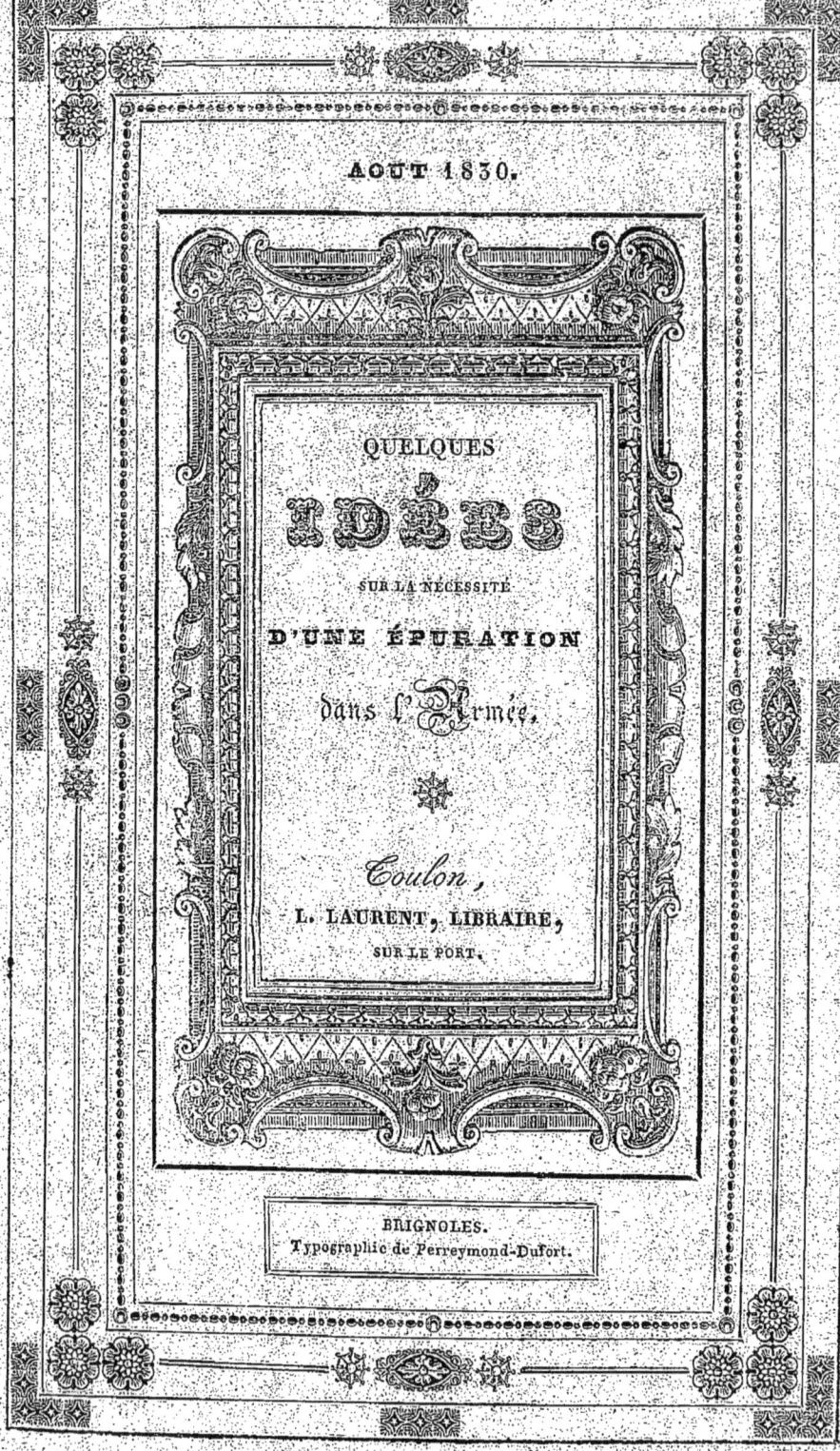

AOUT 1830.

QUELQUES

IDÉES

SUR LA NÉCESSITÉ

D'UNE ÉPURATION

dans l'Armée,

❈

Coulon,

L. LAURENT, LIBRAIRE,

SUR LE PORT.

BRIGNOLES.
Typographie de Perreymond-Dufort.

Cet Opuscule

SE VEND AU PROFIT

des

VICTIMES

DES ÉVÉNEMENS

de Paris.

QUELQUES IDÉES

SUR LA NÉCESSITÉ

D'UNE ÉPURATION

dans l'Armée.

Par un Officier d'Infanterie.

Jam redit et virgo , redeunt Saturnia regum.
VIRG. Géorg.

TOULON,

L. LAURENT , LIBRAIRE , SUR LE PORT.

1830.

QUELQUES IDÉES

SUR LA NÉCESSITÉ

D'UNE ÉPURATION

dans l'Armée.

S'IL est des circonstances où il faille nourrir ses écrits de pensées sages et utiles, d'idées fortes et énergiques ; où , évitant de les noyer dans un déluge de phrases, il faille mettre de côté le ronflant et la prolixité ; où il faille, en un mot , dire beaucoup et parler peu , ce sont certainement celles où se trouve la France.

Le lecteur ne s'étonnera donc pas de voir traité, dans quelques pages , un sujet , matière d'un volume entier, et voudra bien ne chercher, dans mon factum, que quelques idées jetées à la hâte qu'approfondira et développera beaucoup mieux que moi un écrivain plus habile.

Une vérité incontestable, une vérité que proclameront tous les hommes prudens et sages, c'est l'urgence d'une épuration des plus promptes dans les rangs de l'armée française.

L'un des premiers actes du respectable M. *Dupont de l'Eure*, a été le remplacement immédiat de ces vils organes du ministère public qui, peu satisfaits d'aggraver dans un réquisitoire violent et partial, la position d'écrivains parfois plus imprudens que coupables et souvent innocens, ne craignaient pas, pour plaire à un pouvoir ennemi de toute liberté, de proclamer, à la face de la France, des théories subversives du droit humain, de toutes les doctrines reçues, des opinions qu'un homme sans honneur seul peut partager !

Un M. *Brunet !!!*... dont la bouche ose articuler qu'à Waterloo il n'y eut de fidèle, d'estimable que *Bourmont !*....que les braves dont la moitié paya de sa vie la défense du sol sacré de la patrie étaient des traîtres !!!..... Misérable !...... tu devrais payer de ta tête l'outrage fait aux mânes généreux de

Ney, de *Labédoyère*, de 40,000 soldats à qui les destins rigoureux refusèrent

« Le bonheur de mourir dans un jour de victoire ! »

Mais non ! répétons plus que jamais les paroles du digne auteur de la Charte : « *Union et oubli !* » et prouvons que la générosité est inséparable du bon droit.

Eh bien ! l'armée est pleine d'hommes qui se conduiraient comme *Marmont*, comme *Bourmont*; qui pensent et ont parlé comme M. *Brunet;* pour qui la *Patrie* fut toujours un vain son! dont le cœur ne palpita jamais aux mots sacrés de *France* et d'*Honneur !*

Ils voient, en ce moment, leurs utopies d'une despotique autocratie à jamais renversées ! ils voient leurs lâches projets déçus, leur insatiable ambition trompée ! ils voient qu'il faut renoncer à leur inextinguible soif d'argent ! Ils voient enfin que justice va leur être rendue ! Aussi nouveaux *Coriolan*, nouveaux *Pichegru*, ils appellent, de tous leurs vœux, dans leur parricide délire, l'invasion des armées étrangères ! Ils disaient hautement (il y a quelques jours), ils répètent plus

bas aujourd'hui , que si demain 600,000 enne-
mis menaçaient nos frontières , ils marcheraient
plutôt avec eux que contre eux ! *Horresco referens !!!*

Ami de la modération , je désire plus que
personne que l'on écoute la voix de la clémence ,
mais il faut se garder d'être indulgens jusqu'à
l'imprudence. Malgré l'espoir où nous sommes
tous , *nous Français* , que notre révolution se
terminera en famille , que de nouveau l'on ne
tentera pas de nous imposer un monarque , ne
peut-il pas se faire , qu'imitant notre agres-
sion en Espagne , l'étranger se présente sur les
confins de notre beau pays ? Quelle confiance ,
alors , un régiment aura-t-il dans un colonel ,
quelle confiance des soldats auront-ils dans quelques officiers qui , jadis ardens champions d'un
Bourmont , se proclamèrent hautement les dé-
fenseurs de la désertion et de l'infâmie ?

Toutes les opinions sont respectables quand
elles se concilient avec l'honneur. On peut avoir
été dévoué à la famille des Bourbons et défen-
dre , en honnête homme et brave soldat , la cause
de la patrie : et si ma faible voix était consultée ,
autant je voterais l'éloignement de ces méprisables
caméléons qui , hier , allaient partout chantant sur

les toits que leur amour pour la branche déchue
était aussi vif qu'inaltérable, et aujourd'hui élè-
vent contre elle une voix outrageante et ingrate ;
autant je voterais, de toute mon ame, la conser-
vation, dans nos rangs, de ceux qui s'étant toujours montrés sages et modérés, restent noble-
ment fidèles à d'augustes infortunes !

Mais loin, loin de nous ces égoïstes, ces am-
bitieux, à qui ne coûtait aucune bassesse, aucune
turpitude ; qui, vils esclaves du pouvoir, auraient,
pour en obtenir un sourire, mitraillé leurs con-
citoyens, leurs frères ! Les scènes sanglantes de
la rue Saint-Denis en 1827, les massacres des
27, 28 et 29 juillet ont déjà signalé bien des
noms à l'indignation de la France, à l'exécra-
tion de la postérité ! Qu'ils s'éloignent escortés
par leurs remords, déchirés par les poignans
aiguillons de leur ambition déçue !

Il en est d'autres à qui il n'a manqué qu'une
occasion pour se faire dignement connaître : ils
vont maintenant changer d'allure et de discours ;
ils vont, pour conserver une épaulette, prix d'une
lâcheté, d'une dénonciation ou d'un meurtre,
protester de leur dévouement au nouvel ordre
de choses ; mais ils sont connus dans les régi-

mens ! marqués du sceau de la réprobation, on les fuira comme des pestiférés, et, s'ils ne se font pas justice eux-mêmes, espérons que, grâce à l'autorité, ils ne souilleront plus long-tems les regards des soldats de *Friedland* et de *Talavera*, que la force des choses contraignit jusqu'ici à les supporter !

Sont-ils dignes de faire partie de l'armée nationale d'un peuple libre ces chefs de corps, vrais pachas à trois queues, qui toujours armés d'une verge de fer, n'inspiraient d'autres sentimens que la haine et la crainte et comprimaient, par un despotisme servile, les élans généreux, les opinions nobles et libérales de jeunes officiers ? Petits autocrates, petits tyrans qui punissaient d'un mois de prison la lecture du *Constitutionnel !*

Sont-ils dignes de faire partie d'une armée nationale, ces officiers improvisés qui, loin de faire oublier l'illégitimité de leur épaulette par un mérite reconnu, ou à défaut de mérite par des principes de délicatesse et d'honneur, ne sont remarquables que par leur complète nullité, que par des sentimens très-peu honorables ?

Sont-ils dignes de faire partie d'une armée

nationale , ces êtres dégradés qui , habitués à travailler dans l'ombre , trempèrent obscurément jadis dans les conspirations de *Pichegru* , *Cadudal* , de l'infâme machine infernale , etc. , et ne signalèrent leur présence dans les régimens , qu'en dénonçant lâchement et réduisant au désespoir de braves officiers ayant conquis , sur un champ de bataille , l'épaulette qui leur donnait du pain et dont tout le crime était d'être gens d'honneur , de ne pas partager la délirante exaltation , les principes incendiaires de leurs dénonciateurs.

Enfin , sont-ils dignes de faire partie d'une armée nationale , ces vils agens provocateurs dont les menées conduisirent à la mort *Caron* , *Pomier* , *Bories* , *Pleignier* , *Carbonneau* , etc. , etc. Cet assassin du maréchal *Brune* , qui eût l'audace inouie de porter pendant plusieurs années l'épée de sa victime ; cet autre qui se parait de l'écharpe encore sanglante de l'infortuné *Ramel* ; ces intrigans , ces hommes tarés , sans aveu , tirés de la fange , où ils rentreront bientôt , à qui un prétendu dévouement , une grande flexibilité dans l'épine dorsale , une scélératesse capable de tous les crimes , valurent des insignes qui ne devraient jamais reposer que sur les épaules d'un honnête homme, tandis que les leurs n'eussent dû porter que les stigmates de l'infamie !

Et qui avait peuplé l'armée de ce ramassis d'êtres plus ou moins ineptes, plus ou moins vils? La congrégation ! Qui, au milieu d'espions en sous ordre, entretenait, dans la personne d'un inutile aumônier, un inquisiteur en chef ? La congrégation! Qui, chaque jour, donnait à un de ses initiés la place d'un ancien militaire ? La congrégation ! Qui, de la première armée du monde n'eut bientôt fait qu'une horde de congréganistes et de capucins? Cette infâme congrégation qui, enveloppant la France d'un vaste réseau, était devenue, dans toutes les carrières, la dispensatrice suprême des places et des faveurs ! ..

Il était impossible que, dans les corps composés d'élémens aussi hétérogènes (et il n'y en avait pas, j'ose le dire, où ces bons jésuites n'eussent quelque affilié), il était moralement impossible, dis-je, que les hommes estimables, qu'on n'avait pu encore expulser de l'armée, sympathisassent avec des gens sans pudeur et sans honneur ; il était de toute impossibilité qu'ils éprouvassent pour eux de l'affection, de l'estime.

Aussi dans presque tous les régimens, l'union,

l'*esprit de corps* ont jusqu'ici été remplacés par une
défiance continuelle les uns des autres, sentiment
qui traîne à sa suite l'anxiété, la haine, la discorde.
Ce qui constitue la force morale d'une troupe armée, *force* dont les effets sont toujours extraordinai-
res, ce qui lui donne cette puissance, cette énergie,
cet ensemble si nécessaires devant l'ennemi, c'est
l'esprit de corps : et grâce en partie à MM. les co-
lonels, il est presque nul dans bien des régimens.

Le maréchal *Gouvion St-Cyr*, pendant son
trop court ministère, avait commencé à retrem-
per l'armée, à épurer ses cadres, à renvoyer chez
eux des êtres aussi méprisables qu'ignorans, à les
remplacer par ces *brigands de la Loire*, qui ne
portèrent jamais, comme la plupart de leurs qua-
lificateurs, les armes contre la mère-patrie ; mais
forcé de quitter son poste, avant d'avoir terminé
la réorganisation, le maréchal laissa ses projets
inachevés. Espérons qu'un général non moins cé-
lèbre, non moins patriote que lui, ne tardera pas
à mettre la dernière main à une œuvre depuis
trop long-temps imparfaite.

Point de dénonciations ! ne devenons pas les
complices des assassins de *Berton*, des frères
Faucher, etc., mais attendons patiemment une

investigation franche et faite au grand jour. « Les
« majorités ont toujours été saines » a dit M. de
Serre : aussi un corps d'officiers consulté par un
inspecteur général sur tel ou tel de ses membres,
ne pourra prononcer qu'une sentence équitable.

De tous tems, le dépositaire d'un pouvoir plus
ou moins considérable eut des créatures, mais
jamais, peut-être, ce système de protégés n'a été
aussi suivi que depuis quinze ans. Tandis qu'on
abreuvait d'humiliations, d'injustices les vieux
braves de l'ancienne armée, les jeunes gens dont
le caractère franc et ouvert proclamait hautement
une opinion libérale et généreuse, presque toutes
les récompenses étaient pour des hommes qui n'a-
vaient d'autre mérite que leur complaisance sans
bornes pour le chef ; qui, espions gagés, peu satisfaits de rendre compte de tel ou tel discours
tenu, ne craignaient pas, pour se rendre plus in-
téressans, d'amplifier ce qu'avaient entendu
leurs oreilles inquisitoriales et souvent même de
prêter à un de leurs camarades des paroles qu'il
n'avait pas prononcées !..... *Proh pudor !*

Mais le jour de la justice a lui enfin ! les officiers méritans de tout âge, de tout grade s'assiè-
ront désormais aussi au festin des faveurs et des

récompenses ! On ne verra plus , quand nous ferons campagne , se renouveler ces scandaleux Ordres du jour , où l'on portait comme s'étant particulièrement distingués des individus qui avaient honteusement tourné le dos à l'ennemi , ou s'étaient , pendant l'affaire , prudemment mis à l'abri de ses balles !

Officiers Français , véritablement *Français* , vous avez à votre tête le brave général *Gérard* , que *Napoléon* , sur son rocher , nomma maréchal [1], illustration que depuis long-temps vous lui avez tous décernée dans le fonds de vos cœurs ! s'il défendit son pays les armes à la main , il défendit aussi nos libertés à la tribune !

Espérons qu'il ne tardera pas à purger l'armée de l'alliage impur qui la déshonore !

Espérons que réorganisée , purifiée par lui , l'armée , digne de cette *belle France* , qui , après quinze ans d'une lutte opiniâtre , sut briser nfin le joug honteux qu'on voulait lui imposer ; l'armée dis-je , soutiendra , sous ses couleurs victorieuses, l'honneur du PEUPLE-ROI !!!

---

1. Ce paragraphe était écrit quinze jours avant la nomination du maréchal.

Braves de *Marengo*, de *Bautzen*, de *Mont-mirail!* jeunesse généreuse et intrépide qui n'attendez qu'une campagne pour vous montrer digne de vos devanciers ! attendez ! justice va vous être rendue !

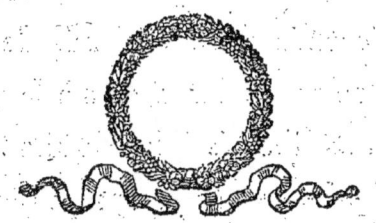

15

www.ingramcontent.com/pod-product-compliance
Lightning Source LLC
Chambersburg PA
CBHW061519170626
46811CB00004B/1765